ÉPITRE

AU GRAND-TURC.

ÉPITRE

AU

GRAND-TURC.

A PARIS,

CHEZ DELAUNAY, LIBRAIRE,

PALAIS-ROYAL, GALERIE DE BOIS, N°. 243

1821.

ÉPITRE

AU GRAND-TURC.

Esclave du prophète, et tyran de la Grèce,
Magnifique sultan, j'écris à ta Hautesse;
Mais ne crois pas qu'ici mes vers adulateurs
T'offrent ce fade encens que l'on vend aux grandeurs;
Je laisse à tes sujets la bassesse et la crainte :
Au siècle où nous vivons on doit parler sans feinte.
Écoute un homme libre, et, trop long-temps flatté,
Pour la première fois connais la vérité.

A ta perte prochaine aujourd'hui tout conspire;
La Grèce et l'étranger menacent ton empire;
Mais ce juste retour des destins irrités,
Ces revers, ô Mahmoud! tu les as mérités.
Sur ces climats heureux dont la Fable et l'Histoire,
Dans leurs brillans tableaux, éternisent la gloire,
Depuis trois cents hivers, tes stupides aïeux
Font peser sans pitié leur pouvoir odieux.

Au milieu de leurs camps, plaintive et prisonnière,
La Grèce a vu son nom traîné dans la poussière,
Ses monumens détruits, ses champs abandonnés,
Par le fer et la faim ses enfans moissonnés,
Son Dieu même opprimé par un maître barbare,
Et la vierge d'Athène, esclave d'un Tartare,
Réduite à propager entre ses bras cruels
Le sang des oppresseurs et les maux des mortels.

Mais tandis qu'en ses fers la Grèce encor sommeille,
Ailleurs tout a changé : le genre humain s'éveille ;
A sa morne stupeur succède un jour nouveau.
La Raison, dans les cieux rallumant son flambeau,
Soumet la force aveugle à l'ascendant du sage.
Voltaire étonne, entraîne et subjugue son âge,
Et, du siècle des lois immortel précurseur,
Il ôte aux nations le bandeau de l'erreur.
Bientôt l'Europe échappe aux pontifes du Tibre ;
Le Léopard succombe, et l'Amérique est libre ;
Imitateur brillant de ses mâles vertus,
Le Français brise un joug qu'il ne subira plus,
Et de vingt rois ligués renversant la barrière,
Dans l'antique Orient reporte la lumière.

Il part, il vole, il frappe, et le Nil est vaincu.
A l'aspect imposant de cet astre imprévu,
Le Croissant s'épouvante, et l'Hellade ébranlée
Fait d'un cri généreux frémir son mausolée.
Il s'ouvre ; un nouveau peuple a salué le jour ;

Instituteur du monde, il s'instruit à son tour,
Et, courbé sous le fer, mais tramant sa vengeance,
Pour l'empire et la gloire il mûrit en silence.

Mais alors qu'il apprend à détester ta loi,
Que faisaient, ô Mahmoud! tes Musulmans et toi?
Inhabile aux combats, dans la paix sanguinaire,
D'un superbe fardeau tu fatiguais la terre.
Au fond d'un vil sérail, ton indolente main
Daignait signer parfois quelque arrêt inhumain.
Des guérets sans moissons, des barques désarmées
Dans tes golfes déserts par le temps consumées,
Un peuple lâche et vil, des soldats factieux,
Tels étaient de tes soins les effets glorieux;
Tandis que tes pachas affrontant les tempêtes,
Pour assouvir ton luxe ou racheter leurs têtes,
S'en allaient, d'île en île, à tes pâles vassaux
Ravir un reste d'or, vain fruit de leurs travaux.

L'injustice a son terme, et l'excès des souffrances
Fait déborder enfin le torrent des vengeances.
Les temps sont arrivés; du noble Ypsilanti
L'étendard a flotté, la voix a retenti.
L'Hellade pousse un cri de fureur et de joie;
Elle s'arme, elle accourt, elle fond sur sa proie;
Ses moindres citoyens déjà sont des héros,
Et leurs mâts foudroyans couvrent au loin les eaux.
En vain coule à grands flots, dans les murs de Bysance,
Le sang de tout un peuple égorgé sans défense;

En vain ceux qu'épargna la hache des tyrans,
Par le gouffre des mers sont engloutis vivans :
La Liberté triomphe, et sa main vengeresse,
Guidant du haut des cieux les soldats de la Grèce,
Des vaisseaux ottomans par mille affronts flétris,
Dans leurs ports consternés, rejette les débris.
Déjà le Grec vainqueur assiége le Bosphore;
Déjà pour l'appuyer, du couchant à l'aurore,
Mille héros, le glaive et la croix à la main,
Vont devancer le Russe et guider le Germain;
Tandis que de Valmi relevant la bannière,
Plus d'un guerrier français leur ouvre la carrière.

Contre tant de périls, contre tant d'ennemis,
Peuples rivaux naguère, et pour t'abattre unis,
Que peuvent ton harem, tes cruels janissaires,
Tes mollahs, ton prophète et ses lois sanguinaires?
Penses-tu que l'Anglais, asservi par sa foi,
D'armes et de trésors s'épuisera pour toi?
Dût son or prodigué pleuvoir sur tes esclaves,
S'il les peut enrichir, les rendra-t-il plus braves?
Et, d'un peuple enchaîné féroces meurtriers,
Sauront-ils vaincre un peuple armé pour ses foyers?
Crois-moi, fier Musulman, s'il en est temps encore,
Abandonne l'Europe et franchis le Bosphore.
Au bord asiatique encore ouvert pour lui,
Le Croissant fugitif doit chercher un appui,
Trop heureux si, marchant de conquête en conquête,
La croix n'y va bientôt achever sa défaite!…

Supposons toutefois que tes premiers revers
Aient satisfait au ciel et vengé l'univers;
Si la race d'Othman, de l'Europe bannie,
Veut ailleurs refleurir et conserver l'Asie,
O sultan! deviens sage, et, par ta chute instruit,
Sache au moins du malheur ne pas perdre le fruit.
Sur tes erreurs d'abord jette un regard sévère :
L'orgueil des grands toujours fit les maux de la terre.
De ton empire ensuite examine les lois;
Connais les vœux du peuple et le devoir des rois,
Apprends à les remplir; et sans que rien t'arrête,
Élève un œil hardi jusque sur ton prophète.
Sais-tu qu'un pâtre obscur, digne auteur du Coran,
Aventurier, soldat, chef, pontife et tyran,
Sur la crédulité, la fraude et l'injustice,
De son pouvoir sans frein éleva l'édifice,
Et que son code impur, scellé de sang humain,
Fut inscrit par le fer sur un livre d'airain?
Peut-il venir du ciel s'il est funeste aux hommes?
Vois quel est ton empire, et vois ce que nous sommes!
La loi veillant sur tous dans nos états puissans;
Des ports pleins de vaisseaux, des guérets florissans;
Par cent travaux divers nos villes animées;
Le génie et l'honneur décuplant nos armées:
Tels sont les fruits heureux d'un peu de liberté
Et toi, d'un dieu barbare instrument détesté,
La faim, l'iniquité, l'ignorance et la crainte,
De ton sceptre fatal suivent partout l'empreinte.
A ce culte honteux ose donc renoncer;

Ou si ton peuple encor ne sait point s'en passer,
Rends-le du moins plus noble, et plus doux et plus sage.

— Eh quoi, me diras-tu, lorsque j'ai l'avantage
D'exercer sans contrainte et par un droit divin,
L'infaillible pouvoir que je tiens du destin;
Lorsqu'un peuple crédule, adorant tous mes vices,
Pour un décret du ciel prend mes moindres caprices,
Je pourrais, de vos rois servile imitateur,
Au désir de ce peuple immoler ma grandeur!
A deux pouvoirs rivaux je livrerais l'empire!
Des tribuns insolens auraient droit de tout dire,
Et contre eux, chaque jour, réduit à disputer,
Il faudrait les convaincre ou bien les acheter!
Non, non; qu'un tel système éblouisse vos sages!
De l'aveugle Orient je suivrai les usages :
On régit sans péril des peuples ignorans,
Et des sujets soumis valent bien des savans.

— De tout temps, ô Mahmoud! la sombre tyrannie
Repoussa la lumière, accusa le génie;
Et toujours l'intérêt, appuyant ses soupçons,
Lui cacha du passé les terribles leçons.
Ainsi raisonne encor l'*Observateur de Vienne*;
Ainsi, dans maint sermon, prêche la *Quotidienne*:
L'envieux veut flétrir les talens qu'il n'a pas.
Le temps passé d'ailleurs avait bien ses appas :
Grâce au trône, à l'autel, à la sainte ignorance,
Le moine et le marquis nageaient dans l'opulence;

Le peuple d'aucun droit ne se montrait jaloux,
Et sans exiger rien, il travaillait pour tous.
Nos tyrans sont tombés; le peuple est quelque chose:
Voilà de leurs fureurs l'unique et noble cause,
Et pourquoi, nuit et jour, leur sacrilége voix
De ses conseils impurs empoisonne les rois.
Tes prêtres emploîront cet artifice impie,
Car la fraude en tous lieux et s'unit et s'appuie;
Ils te diront qu'un prince, ou juste ou criminel,
De son règne absolu n'est comptable qu'au ciel;
Qu'un immortel limon, sous un astre propice,
A formé de ton corps le fragile édifice,
Et que, pétri de fange et rejeté du sort,
L'homme est né pour les fers, le travail et la mort.
O sultan! reste sourd à leur lâche imposture;
Interroge l'histoire, écoute la nature :
L'une, au sein des grandeurs qu'elle ne connaît pas,
T'entraîne, ainsi que nous, des douleurs au trépas;
L'autre, en lettres de sang, à ta vue étonnée,
Tracera des tyrans l'horrible destinée.
Tu verras, loin des murs souillés de leurs forfaits,
Les Tarquins abattus s'exiler pour jamais;
Sylla livré vivant aux vers des sépultures;
César, vainqueur des siens, percé de vingt blessures;
Néron, Domitien, Tibère, Claudius,
Immolés l'un sur l'autre aux mânes de Brutus.
Partout un noir destin poursuit la tyrannie :
De Charles-Neuf mourant la sanglante agonie
Épouvante l'Europe et venge Coligni.

Par vingt ans de terreurs Cromwell est trop puni.
La fureur des tyrans, celle de leurs complices
Sur eux toujours retombe et devient leurs supplices.

Dois-je attester ici tes barbares aïeux?
Sans cesse un fer vengeur semble planer sur eux.
Chacun d'eux, tour à tour assassin et victime,
Par le crime s'élève et périt par le crime;
Et, toujours entouré d'un effroyable deuil,
Sa vie est un orage et son trône un cercueil.
Ah! si dès son berceau, plus sage et moins cruelle,
Leur race eût écouté la justice éternelle;
Sur leur trône de fer, près de l'autorité,
S'ils eussent fait asseoir l'auguste Liberté;
Leur empire eût fleuri; de leur gloire enivrée,
La terre aurait béni sa paisible durée;
Et la Grèce, oubliant et son nom et ses droits,
Dans leur sang magnanime eût reconnu ses rois.

Tel est des temps passés l'imposant témoignage;
Tel, et plus sûr encore, est celui de notre âge.
Successeur de cent rois, un soldat couronné,
Quinze ans, voit à ses pieds l'univers prosterné.
Sous sa puissante main les monts courbent leurs cimes;
La mer, pour l'arrêter, ouvre en vain ses abîmes:
Vainqueur du continent, la terreur de son nom
Dans l'Océan rebelle emprisonne Albion.
Mais l'excès du bonheur corrompt son âme altière:
Fils de la Liberté, l'ingrat trahit sa mère;

La Liberté se venge; à trente nations
Son bras victorieux livre nos régions;
Le colosse s'écroule, et sa chute profonde
Est l'exemple des rois et l'entretien du monde.

Au nom de l'Évangile et de la Trinité,
Fondant sur nos débris sa quintuple unité,
Une ligue royale à son tour enveloppe
Dans ses vastes réseaux les peuples de l'Europe.
Mais peut-elle du siècle arrêter les élans?
Déjà, bravant partout ses efforts impuissans,
La fière Indépendance, en moins de deux années,
A, l'olive à la main, franchi les Pyrénées.
Unie au Portugal par le saint nœud des lois,
L'Espagne sera libre en respectant ses rois.
L'Amérique a brisé le reste de sa chaîne.
Des bords de l'Orénoque aux rivages d'Athène,
La Liberté s'élance, et ses nobles couleurs
Ou flottent en triomphe ou trouvent des vengeurs.
Avant qu'aucun pouvoir ait enchaîné leur course,
De l'Atlantique immense on tarira la source;
Les vents seront muets; des soleils radieux
Le flambeau consumé s'éteindra dans les cieux.
Chaque âge eut ses vertus, son génie et sa gloire;
L'un brilla par les arts, l'autre par la victoire :
Notre siècle plus grand, pour lui, pour l'avenir
Ne veut que la justice, et saura l'obtenir.

Je m'arrête, ô sultan! si, fidèle à son titre,

En tes mains quelque jour parvenait cette épître,
Puisses-tu la comprendre, et ne pas t'offenser
Du libéral avis que j'osai t'adresser.
Bannis de tes erreurs la honte héréditaire ;
Fais imprimer Rousseau, lis Montesquieu, Voltaire ;
Pense, étudie, agis, sois homme et souverain.
Et s'il te faut céder, si l'arrêt du destin,
En brisant ton pouvoir, te laisse encor la vie,
L'amitié, les beaux arts et la philosophie,
T'accueillant au sortir de ton trône abattu,
Te rendront plus un jour que tu n'auras perdu.

C. D. P. Mar... de Nancy

www.ingramcontent.com/pod-product-compliance
Lightning Source LLC
LaVergne TN
LVHW021731030726
842523LV00004B/1358